लफ़्ज़ के फ़ासले पर ज़िंदगी

(ग़ज़ल-संग्रह)

लफ़्ज़ के फ़ासले पर ज़िंदगी

रजनीश सचान

हिन्द युग्म
hindyugm.com

ISBN : 978-93-84419-05-9

प्रकाशक :
हिन्द-युग्म
1, जिया सराय, हौज खास, नई दिल्ली-110016
मो.- 9873734046, 9968755908

आवरण चित्र : पूर्णिमा चतुर्वेदी

प्रथम संस्करण : 2015

Lafz Ke Fasale Par Zindagi
(A collection of ghazals by *Rajneesh Sachan*)

Published By
HindYugm
1, Jia Sarai, Hauz Khas, New Delhi- 110016
Mob : 9873734046, 9968755908
Email : sampadak@hindyugm.com
Website : www.hindyugm.com

1st Edition : 2015

फ़ेहरिस्त

1.

इक वक़्त का सौदागर, यादें मेरी चुराकर, मशहूर हो चला है
जो अक्स दिखाता था, आईना बनाता था, मगरूर हो चला है

सबको वहम नया है, ये क़ायनात क्या है, पर्दे में है ख़ुदा भी
इंसान को सलीक़ा, वहशत की तीरगी का, मंज़ूर हो चला है

अब ख़ुद को कौन देखे, जब ज़ख़्म दूसरे के, छूने में लुत्फ़ आए
यारों को आज़माना, उन्हें बेवफ़ा बताना, दस्तूर हो चला है

वो चाँद आसमानी, वो लज़्ज़त-ए-बयानी, वो गेसुओं के साए
हर दस्तख़त तुम्हारा, हर इक सिफ़त तुम्हारा, नासूर हो चला है

हम दूर भी रहें तो, मजबूर भी रहें तो, ये प्यार कम न होगा
हर फ़लसफ़ा तुम्हारा, दौरे वफ़ा हमारा, बेनूर हो चला है

कुछ और नहीं कहना, झूठा हरेक गहना, पत्थर की मूरतें हैं
हर दश्त जुगनुओं से, गुल अपनी ख़ुशबुओं से, कुछ दूर हो चला है

हों वस्ल के परिंदे, या हिज्र के दरिंदे, शाख़ें खरोंचते हैं
दिल का शजर शिकन से, यादों के नशेमन से, भरपूर हो चला है

2.

मेरे दिलबर का जो भी ढब है, ग़ज़ब है
रूठ जाने का जो सबब है, ग़ज़ब है

ज़िंदगी से गिला बहुत है हमें, पर
साँस लेने की जो तलब है, ग़ज़ब है

आम इंसान हूँ मैं, तुम-सा तुम्हीं-सा
लोग कहते हैं तू अजब है, ग़ज़ब है

वो सितमगर है संग-दिल है बेरहम
उसपे भी लखनवी अदब है, ग़ज़ब है

वो जिसे आज तक किसी ने न देखा
ज़र्रे-ज़र्रे में उसकी छब है, ग़ज़ब है

हमने पूछा था, 'चाँद, कब है अमावस?'
चाँद ख़ुद पूछ बैठा, कब है? ग़ज़ब है

3.

दुनिया की अब बात न करना
अपनेपन से घात न करना

चाहो भी तो लौट न पाओ
ऐसे भी हालात न करना

बेटा तेरी फ़िकर रहेगी
देखो, ज़्यादा रात न करना

रिश्तों में मज़हब मत रखना
ज़ात भरे जज़्बात न करना

चंदा भी मिट्टी निकलेगा
ज़्यादा मालूमात न करना

4.

तुम अपना शहर-ए-दिल आबाद रखियो
हमारा नाम जब सय्याद रखियो

करेंगे याद तुमको, भूल जाओ
भुला देंगे तुम्हें हम याद रखियो

मैं अपने-आप में कोई ख़ुदा हूँ
मेरे दरवाज़े मत फ़रियाद रखियो

सुना है अब पलटने को है धरती
सब अपनी छत पे इक बुनियाद रखियो

न रखियो मेरी जाँ, दिल काँच का और
न सीने को कभी फ़ौलाद रखियो

नया दीवाना हूँ तेरा तो तू भी
नयी दीवानगी ईजाद रखियो

क़सम से भूल जाता मैं उसे, पर
क़सम दे दी थी उसने, याद रखियो

जो चाहे रूह तो कुछ साँस ले लें
लहद[1] में बाद[2] थोड़ी बाद[3] रखियो

ये दुनिया एक सरकस है, ख़ला है
नज़र को तुंद[4], दिल को शाद रखियो

ख़ुदा ये बद्दुआ है पर क़बूल हो
अब इंसानों को बेऔलाद रखियो

1. लहद- क़ब्र,
2. बाद- हवा,
3. बाद- शेष,
4. तुंद- तेज़, sharp

5.

सुब्ह टलती ही न थी, ऐसी तो बहरी निकली
शम्स काँधे पे उठाया तो दुपहरी निकली

ख़ूब बरसी तो मगर जिस्म की हद में बरसी
आपके शहर की बरसात भी शहरी निकली

फूल उगाने के लिए हमने समंदर बोए
प्यास सहरा की मगर उससे भी गहरी निकली

क़ायनात आप की करती है ख़ुदा जी, साज़िश
चाँदनी रात की तासीर सुनहरी निकली

मेरा हर दिन तो नए दिन की तरह से गुज़रा
मेरी हर रात उसी रात की ठहरी निकली

काटने वाले थे हम बाँझ समझकर जिसको
फिर उसी पेड़ के कोटर से गिलहरी निकली

क्या ग़ज़ब वाक़िया गुज़रा है मेरे साथ, सुनो
वो इमारत जो थी मंदिर की, कचहरी निकली

6.

घर के अंदर था एक घर मेरा
ख़ुद से ख़ुद तक का था सफ़र मेरा

मेरा अपने वजूद पर हक़ था
हक़ ये लूटा गया मगर मेरा

इक सिवा तेरे कुछ नहीं होता
ख़्वाब इतना है मुख़्तसर मेरा

मैंने बस मंज़िलें ही देखी हैं
कौन करता रहा सफ़र मेरा?

तेरी ख़ुशबू मेरे दरीचे में
तेरे आँगन में गुलमुहर मेरा

7.

और बंदे न भटक
ग़ैब का चाँद पटक

रात भर ख़ुशबू उगा
भोर होते ही चटक

आफ़ताबी है बदन
नूर-सी रूह झटक

हर्फ़ का बीज पकड़
लफ़्ज़ के बीच मटक

इश्क़ को मान ख़ुदा
और ज़माने को खटक

8.

ज़िया सालों[1] की मजबूरी भी मजबूरी है क्या?
सितारों से कोई पूछो कि ये दूरी है क्या?

मुहब्बत से है नावाक़िफ़ अभी इंसानियत
ग़ज़ालों को कहाँ मालूम, कस्तूरी है क्या

पिघलता जा रहा है चाँदनी बनकर बदन
हवा में घुल रहा है चाँद, काफ़ूरी है क्या?

जो सब बल खा रहे हैं माहो-अंजुम, मस्त हैं
ख़ुदा का नूर सचमुच में ही अंगूरी है क्या?

ऐ वाइज़, तू कहे तो ऐब सारे छोड़ दूँ
मगर, तेरा जो ओहदा है, वो जम्हूरी है क्या?

परिंदे, उस तरफ़ से आ रहे बेख़ौफ़ हैं
ज़रा देखो तो, सरहद आज सिंदूरी है क्या?

हर एक पल ज़िंदगी का, साँस के बदले में है
तो ये साँसों की काविश कोई मज़दूरी है क्या?

1. ज़िया-साल= light year, प्रकाश-वर्ष

9.

हर इक छोटी से छोटी बात पर नादाँ निकलती है
कहीं तुम खो न जाओ, सोचकर ही जाँ निकलती है

न जाने कैसे-कैसे दर्द सीने में सुलगते हैं
न जाने कैसी-कैसी साँस कुछ हैराँ निकलती है

किताबत से न जो सीखा वो दुनिया ने सिखाया है
ख़ुशी कितनी बजा हो दर्द से पिन्हाँ निकलती है

अजब है ज़िंदगी, मुश्किल हुई, आसान समझे थे
जहाँ समझा किए मुश्किल वहीं आसाँ निकलती है

वही जाँ है तो निकलेगी, यहाँ पर हो, वहाँ पर हो
जो अब तक याँ निकलती थी, वही अब वाँ निकलती है

10.

सधे क़दमों से कोई आ रहा है
ये दिल है कि उछलता जा रहा है

हवाओं में नमी घुलती रही है
चराग़ उम्मीद का जलता रहा है

नशे की हालत अपनी, सबने देखी
नशा मुझको नज़र में ला रहा है

सियासत अपने भी अंदर है शायद
तभी तो जिस्म ढलता जा रहा है

कोई तो है जो दिल पे थाप देता
कोई तो है जो साँसें गा रहा है

जो मौजें ऊपर उठती जा रही हैं
समंदर और कुछ गहरा रहा है

हमें ता-उम्र अंदेशा रहेगा
यही ता-उम्र अंदेशा रहा है

ख़ुदा का दम न घुट जाए किसी दिन
ख़ुदा आदम बनाए जा रहा है

वो आईना जो आईना नहीं अब
वो आईना मेरा चेहरा रहा है

निहायत बेसुरी आवाज़ है वो
निहायत ख़ूबसूरत गा रहा है

उसी को रूह कहते होंगे शायद
मेरे अंदर जो कुछ उकता रहा है

बहुत दिन पहले आया था वो काफ़िर
बहुत दिन बाद वो याद आ रहा है

वो हर लम्हा जिसे हमने सताया
वो हर लम्हा मुझे फुसला रहा है

ज़बानों पे सभी ताले जड़े हैं
क्यूँ रोज़ अख़बार ये चिल्ला रहा है

वही इक चाँद सबको चाहिए था
वही इक चाँद जो तनहा रहा है

उसे बदनाम करना भी नामुमकिन
सभी के साथ वो अच्छा रहा है

सियाही, जिससे उसने ख़त लिखा था
सियाही, ख़त में अब फैला रहा है

सरे-महफ़िल ख़रीदा था जो ईमाँ
सरे-बाज़ार बेचा जा रहा है

हर इक मौक़ा गँवा दें बेवजह ही
हमारे हाथ ये मौक़ा रहा है

शरीफ़ों से बताऊँ तो मैं कैसे?
शराफ़त से ये जी घबरा रहा है

11.

हर एक ज़र्रा गुलाब कर दे
सवाल सारे जवाब कर दे

ये होंठ अब ख़ुश्क हो चले हैं
लबों से छू के शराब कर दे

वहाँ बहे तो हो गंगा मैया
यहाँ बहे तो चनाब कर दे

चराग़ अब ये बुझा दे मौला
हवाओं को कामयाब कर दे

अगर तमन्ना दी चाँद की, तो
इरादों को आफ़ताब कर दे

फिर इश्क़ मशहूर हो जहाँ में
फिर हौसलों को अज़ाब कर दे

12.

तू मकीं है, मकाँ भी तू ही है
तू ज़मीं आसमाँ भी तू ही है

तू ख़ुदा, दो-जहाँ भी तू ही है
मैं नहीं हूँ, यहाँ भी तू ही है

तू ही किरदार है, जुबाँ तू ही
मेरी हर दास्ताँ भी तू ही है

तू ही बचपन है दिल में, इठलाता
धड़कनों में जवाँ भी तू ही है

रूह भी तू है, जिस्म भी तू ही
दोनों के दरमियाँ भी तू ही है

जल रहा हूँ, पै रो नहीं सकता
आग तू है, धुआँ भी तू ही है

रूह मिलती है बाद, ग्राहक को
जिस्म की वो दुकाँ भी तू ही है

13.

झूठ-सच, अच्छा-बुरा, ग़म और ख़ुशी क्या है
रात-दिन का सोचना है, ज़िंदगी क्या है?

किसके पीछे भागते हैं माहो-अंजुम सब
जिसपे दुनिया घूमती है वो धुरी क्या है?

सब हैं सौदागर अँधेरे के, सभी ख़ुश हैं
किसको फ़ुर्सत है जो सोचे रौशनी क्या है?

कौन जाने किस घड़ी किसपे मेहरबाँ हो
मौत जो करती है अक्सर, दिल्लगी क्या है?

हो चली है वक़्त की हर शाख़ ज़हरीली
वरना जंगल में परिंदों की कमी क्या है

वक़्त की क़ीमत हमें तू मत बता वाइज़
प्यार में दो-चार घड़ियाँ और सदी क्या है

ख़ुद-ब-ख़ुद झुक जाए सर उसके तसव्वुर में
शेख साहब तुम कहो और बंदगी क्या है?

कर दिया इज़हार-ए-दिल ग़र तो ख़फ़ा क्यों हो?
बात भी ऐसी ये कोई बेतुकी क्या है

आपका दामन कफ़न हो जाए, ख़्वाहिश है
कुछ तमाशा भी न हो वो मौत ही क्या है

हर कली को फूल बनने की तमन्ना भी
फूल बनकर भूल जाती है कली क्या है

इक अजब बेचैनी-सी रहती है शुबहो-शाम
बेसबब उठती है दिल में हूक-सी क्या है?

क्यों भला हमको अधूरे ख़्वाब आते हैं?
हो न पाया जो अभी तक, लाज़िमी, क्या है?

अब्र अभी कुछ देर पहले टूटकर बरसा
फिर सरे-महफ़िल, बराए-तिश्नगी क्या है?

दिल तो उनके लौट आने पर बेहद ख़ुश है
पर जो आँखों से छलकती है नमी, क्या है?

14.

मयख़ाने में यूँ तो कोई दखलंदाज़ी ठीक नहीं
वाइज़ को माफ़ी का हक़ है, इसका माज़ी ठीक नहीं

माँ तो चाहे बच्चे उसके, जीवन भर नादान रहें
उसके आगे बेमतलब की उम्रदराज़ी ठीक नहीं

हर नुस्ख़ा है कासिर उसका, दर्द-ए-दिल कुछ और बढ़ा
शायद मेरे चारागर की चारासाज़ी ठीक नहीं

आशिक़ को देखो माशूक़ के कूचे में ता-उम्र रहा
तुम जो काफ़िर को करते हो जबरन राज़ी, ठीक नहीं

पंडित औ मुल्ला को मंदिर और मस्जिद से दूर करो
छोड़ो ये चौकीदारी, जन्नत में काज़ी ठीक नहीं

तुम अपने खेतों को सींचो, मैं अपना घर ठीक करूँ
अंतड़ियाँ जब सूखी हों तो, आतिशबाज़ी ठीक नहीं

15.

साँसों से कूदकर कभी आँखों से कूदकर
दिल भागता है जिस्म के महलों से कूदकर

छूटा ही था कि हाथ तेरा, मेरे हाथ से
तक़दीर चल पड़ी मेरे हाथों से कूदकर

अपने ही घर में हो गई थी बोझ इसलिए
दे दी नदी ने जान पहाड़ों से कूदकर

शिद्दत विसाल-ए-यार जब हद से गुज़र चली
साहिल को किश्तियाँ मिलीं लहरों से कूदकर

दौरान-ए-हिज्र-ए-यार मेरी मुफ़लिसी न पूछ
लुत्फ़ इश्क़ का चला गया ज़ख़्मों से कूदकर

बेहद अजीज़ थे जो, वो आकर लिपट गए
लम्हे, गुज़रते वक़्त की शाख़ों से कूदकर

मुमकिन है रात में अगर आओ तो मिल सको
ग़ज़लें मेरी टहलती हैं पन्नों से कूदकर

16.

मुँह नोचने आते हैं जो अफ़साना कहो तो
मुँह पे किसी दीवाने के दीवाना कहो तो

मारेंगे जो बुतख़ाने को मयख़ाना कहो तो
मर जाएँगे मयख़ाने को बुतख़ाना कहो तो

लाज़िम, शब-ए-फ़ुरक़त को भी नज़राना कहो तो
वाजिब, दिल-ए-आबाद को वीराना कहो तो

जी जाएँगे, मुर्दों को जो मस्ताना कहो तो
पी जाएँगे सागर को भी, पैमाना कहो तो

झुक जाएगा क्या, सर को मेरे शाना कहो तो?
कहते रहो नालों को मेरे ताना, कहो तो

आँखों में ज़माना मिले, काशाना कहो तो
कहने से छलक जाएँगी पैमाना कहो तो

इस रात को इक दश्त-ए-ग़ैबाना कहो तो
और चाँदनी को दश्त का दस्ताना कहो तो?

लगता है बड़ा अपनापन, अपना जो कहो तुम
बेगाने भी हो जाएँगे, बेगाना कहो तो

आते हैं चले जाते हैं अगयार से मिल के
इसको कहो किस बात का याराना, कहो तो

'रजनीश' कहो मंदिर-ओ-मस्जिद को न कुछ भी
रक्खा है यहाँ क्या कि इन्हें खाना कहो तो

17.

आँख उठाई जाए हाथ उठाया जाए
और कहाँ तक ज़ुल्मों से घबराया जाए

सूख रही हों नदियाँ फ़सलें जलती हों
ऐसे में वाजिब है ख़ून बहाया जाए

टूट पड़ो फुटपाथो, अपना हक़ छीनो
कब तक महलों का ईमान जगाया जाए

ईश्वर तो ईश्वर है, कहीं भी रह लेगा
मंदिर-मस्जिद तोड़ के घर बनवाया जाए

इंक़लाब आने में ग़र है वक़्त अभी
और नहीं कुछ तो माहौल बनाया जाए

18.

मैं तुम्हारा देवता हूँ, सुन रही हो?
हाँ, तुम्हीं से कह रहा हूँ, सुन रही हो?

आईना इक आइने के रू-ब-रू है
मैं भी तुमको सुन रहा हूँ, सुन रही हो?

जानता हूँ क़ैद है हर इक समा'अत
गो कि ये भी जानता हूँ सुन रही हो

मेरी ख़ातिर तुमने ठुकराया है जिनको
मैं तो उनसे भी बुरा हूँ, सुन रही हो?

मर भी जाऊँ मिट भी जाऊँ तुमने चाहा
लो तुम्हीं पे मर मिटा हूँ, सुन रही हो?

ऐसी अफ़वाहें 'न सुनकर भी मैं तुमको'
सुन रहा हूँ, सुन रहा हूँ, सुन रही हो?

लोग कहते हैं ख़ुदा हूँ, सुन रही हो?
क्या मैं इतना भी बुरा हूँ? सुन रही हो?

मुझसे होकर ही तुम्हें जाना है, सुन लो
मैं तुम्हारा रास्ता हूँ, सुन रही हो?

रोज़ सुनता हूँ कि तुम सब देखती हो
रोज़ तुमको देखता हूँ, सुन रही हो

ख़ुद से नफ़रत कर रहा हूँ आजकल जो
मैं तुम्हीं-सा हो गया हूँ, सुन रही हो?

19.

वक़्त उठ जाता है थक कर जिस के आगे
दर्द भी उट्ठा तो देखो किसके आगे

संगदिल से इश्क़ का इज़हार करना
चाँद की बातें किसी मुफ़लिस के आगे

रुक गया जो दिल यहाँ, उसकी रज़ा है
जान ही जा सकती है अब इसके आगे

उसके आगे अश्क़ सब बेमानी हैं और
रो नहीं सकता हूँ मैं जिस-तिस के आगे

क़ीमती हो तुम हटो अब सामने से
ख़ुद को ज़ाया मत करो नाक़िस के आगे

ख़ूब तो चाहा किनारा कर लूँ उससे
ज़ोर भी कुछ तो चले नर्गिस के आगे

आज फिर रजनीश को काफ़िर बताओ
क़ौम का रोना हुआ मजलिस के आगे

20.

दर्द सारे शब-ए-ख़ामोश में गिर जाते हैं
अश्क जाहिल हैं मेरे, होश में गिर जाते हैं

बंदगी हमने तबीयत में वो पाई है के बस
सर, ख़ुदाओं के कई, दोश में गिर जाते हैं

जाने लग्ज़िश को हमारी सुकूँ आएगा कहाँ
दर से उठते हैं तो आग़ोश में गिर जाते हैं

तेरे कूचे से गुज़रते हुए ख़ुशियों के क़दम
तेज़ चलते हैं मगर जोश में गिर जाते हैं

इतने शातिर हैं यहाँ लोग, किसी गुलचीं से
गुल बचाते हुए गुल-पोश में गिर जाते हैं

मयक़दे से जो निकलती है ख़ामोशी, 'रजनीश'
लब वहीं साग़र-ए-मयनोश में गिर जाते हैं

21.

रूह की जिल्द उतार कर रख दी है
अपनी हस्ती बुहार कर रख दी है

उसने दी ज़िंदगी बड़े जतनों से
बस कि यूँ ही गुज़ार कर रख दी है

सुर्ख़ आँखों ने दिल की चुगली कर दी
सारी मस्ती उभार कर रख दी है

कौन जाने कभी तू आ भी जाए
एक इक शै सुधार कर रख दी है

दौड़ती थी रगों में जो 'मैं' बनकर
उसके क़दमों में हारकर रख दी है

22.

ख़ुद ही से अब लड़ता हूँ मैं
ये सोचता हूँ क्या हूँ मैं

हालात हैं बदतर मगर
वो जान ले अच्छा हूँ मैं

तुमसे रिहाई मिल गई
सो आजकल सबका हूँ मैं

उसकी गली से चाँद तक
बिखरा नहीं फैला हूँ मैं

ता-उम्र भुगतोगे मुझे
नज़दीक का रिश्ता हूँ मैं

कहते हैं बदसूरत मुझे
मेरी ख़ता ऐसा हूँ मैं?

बेचो-ख़रीदो बार-बार
यारो बहुत सस्ता हूँ मैं

सबको बताना ठीक है?
ऐसा नहीं, वैसा हूँ मैं

हो के समंदर थाम लो
बहता हुआ दरिया हूँ मैं

23.

वहाँ घातों-पे-घातें हो रही थीं
जहाँ सरहद की बातें हो रही थीं

कभी मज़हब से मज़हब लड़ रहे थे
कभी ज़ातें-ही-ज़ातें हो रही थीं

अजब शतरंज की बाज़ी लगी थी
महज शह और मातें हो रही थीं

चिताएँ जल रही थीं मुफ़लिसों की
बला की सर्द रातें हो रही थीं

सियासत कर रही थी बात हक़ की
मगर बातें-ही-बातें हो रही थीं

24.

कौन-सी भूख समंदर को उतरने नहीं देती
कौन-सी प्यास है जो दरिया को भरने नहीं देती

मौत का ख़ौफ़ किसी तौर से जीने नहीं देता
साँस लेने की तलब चैन से मरने नहीं देती

बात की बात पे हर बात बदल देती है दुनिया
बस यही बात कोई बात ही करने नहीं देती

जिस गली से माँ इक बार गुज़र जाए कभी
उस गली से कभी बेटी को गुज़रने नहीं देती

इंतेज़ामात हैं क़ुदरत के भी इस तौर के, तौबा
बाद ख़ुशबू के हवा रंग बिखरने नहीं देती

ये जो आदम है ये दुनिया को सँवरने नहीं देता
ये जो दुनिया है ये आदम को सुधरने नहीं देती

25.

हम हैं पानी ख़रीदने वाले
कुछ भी यानी ख़रीदने वाले

बेचने वाले सब ज़मीनी हैं
आसमानी ख़रीदने वाले

सस्ते बिकते हुए मिले अक्सर
सच बयानी ख़रीदने वाले

खेल रचते हैं कैसा शादी का
बच्चेदानी ख़रीदने वाले

अपने लहज़े से ही महकते हैं
ज़ाफ़रानी ख़रीदने वाले

याद रखना, हूँ ख़ुद में या उसमें
दरमियानी ख़रीदने वाले

अपना-सा मुँह लिए ही लौटेंगे
तेरा सानी ख़रीदने वाले

रूह से कोसों दूर रहते हैं
तर्जुमानी[1] ख़रीदने वाले

हमसे बढ़कर कोई अमीर कहाँ
हम ज़ियानी[2] ख़रीदने वाले

सबसे पहले मरेगा तू 'रजनीश'
जावेदानी[3] ख़रीदने वाले

1. तर्जुमानी- अनुवाद
2. ज़ियानी- नुक़्सान
3. जावेदानी- अमरत्व

26.

मौत क्या शै है कि मिलते ही अकड़ जाते हैं
लोग मरते नहीं तस्वीर में जड़ जाते हैं

राह चलते हुए चुंबक-सा मिला हर मंज़र
है वजूद आहनी अपना, सो, रगड़ जाते हैं

जो खिरदमंद[1] हैं वो दूर से करते हैं सलाम
जो भी अहमक हैं मेरे फेर में पड़ जाते हैं

ज़ख़्म दे जाते हैं सीने पे ज़मीं के गहरा
जो दरख़्त आँधियों में जड़ से उखड़ जाते हैं

एक अरसे से हमें जिसने बना रक्खा है
हम हैं नादान, जो उससे ही बिगड़ जाते हैं

जिनको हासिल है बिना बात झगड़ने का शऊर
यूँ ही बेबात किसी बात पे अड़ जाते हैं

जिनके चेहरे हैं रंगे, साफ़ है दामन उनके
और हम हैं के रंगे हाथ पकड़ जाते हैं

हम हैं काफ़िर तो भी, सब सब्र से सुन लेते हैं
आप बंदे हैं औ हत्थे से उखड़ जाते हैं

1. खिरदमंद= समझदार, बुद्धिमान

27.

दिल है के बला, ये तू जाने
सब खेल है क्या, ये तू जाने

सीने में तेरे मूरत है कोई
मैं हूँ या ख़ुदा, ये तू जाने

बस प्यार-ही-प्यार लिखा मैंने
तूने क्या पढ़ा, ये तू जाने

तेरे हाथ में चारागर मेरे
सम है के दवा, ये तू जाने

क्या-क्या न हुआ ये मैं जानूँ
क्यूँ-क्यूँ न हुआ, ये तू जाने

इक हुस्न ख़ुदा, ये मैं जानूँ
इक इश्क़ ख़ता, ये तू जाने

28.

मेरे ज़ख़्मों की तहें उसने बराबर खोलीं
एक एक ज़ख़्म हरा देख तसल्ली पहुँची

मेरी आँखों के समंदर में उतरकर देखा
दर्द उतना ही भरा देख तसल्ली पहुँची

बात हँस-हँस के जो की उसने मेरे ख़्वाबों से
एक-एक ख़्वाब डरा देख तसल्ली पहुँची

वक़्त-ए-रुख़सत ज़रा देखा जो पलटकर उसने
मुझे बेचैन ज़रा देख तसल्ली पहुँची

29.

हम निकाले गए मकानों से
अपना झगड़ा था आसमानों से

अपने रंग-ढंग हैं हुक्मरानों से
हम पलट जाएँगे बयानों से

निकलें शमशीरें अपनी म्यानों से
चल पड़ें तीर अब कमानों से

ये ख़बर आई आशियानों से
आजकल देखते हैं कानों से

क्या गिला तुमको क़ैदख़ानों से
पूछते हैं वो बेज़ुबानों से

30.

अना से देखो कितना भर गए हैं
तो क्या हम ज़िंदगी से डर गए हैं?

मेरे अंदर लिया करते हैं साँसें
वो सारे लोग जो अब मर गए हैं

हम अब जाएँ यहाँ से भी तो कैसे
'अभी आते हैं' वो कह कर गए हैं

अभी मुमकिन नहीं मिलना ख़ुदा से
अभी तो शेख़ साहब घर गए हैं

तुम्हें परहेज़ है तो मत करो इश्क़
जिन्हें करना था वो तो कर गए हैं

31.

शब-ए-फ़ुर्कत में पुरवाई नहीं आई
मेरे हिस्से की तन्हाई नहीं आई

मसीहा कह रहे हो ख़ुद को तुम, यानी
तुम्हें अब तक मसीहाई नहीं आई

नहीं चलता है अपना ज़ोर इस पर भी
तुम्हारी याद है, आई नहीं आई

कचहरी में नज़र कि जिस्म रोज़ आया
धड़कते दिल की सुनवाई नहीं आई

छिपा ले चाँद के साए को सीने में
समंदर में वो गहराई नहीं आई

तू छू ले तो महक उठता था हर इक ज़ख़्म
किसी को फिर वो तुरपाई नहीं आई

32.

जिस्म ने रूह बुला रक्खी है
तुझसे उम्मीद लगा रक्खी है

मौत है कब से खड़ी चौखट पर
दर्द ने ज़ीस्त उठा रक्खी है

तेरी आँखों में वफ़ा हो के न हो
मेरे सीने में दुआ रक्खी है

संग दिल है तू, बड़ी झूठी ख़बर
दुनिया वालों ने उड़ा रक्खी है

चाँद में दाग़ नहीं है जानम
तेरी तस्वीर छुपा रक्खी है

वस्ल की रात सितम तो देखो
जाने की रट-सी लगा रक्खी है

साँस पकड़ी है तेरी साँसों ने
ज़ुल्फ़ ने जान फँसा रक्खी है

अपने नाख़ून लगा कर तूने
मेरे ज़ख़्मों पे दवा रक्खी है

है लहू मेरा, तेरे हाथों में
लोग कहते हैं हिना रक्खी है

इतनी तारीफ़ न कर ऐ ज़ालिम
हमने लफ़्ज़ों में सदा रक्खी है

रात भर झूमते हैं ये तारे
चाँद ने सबको पिला रक्खी है

कितने मासूम बने फिरते हैं
जिनकी आँखों में बला रक्खी है

वो समंदर है मुहब्बत का मगर
उसकी आँखों में हया रक्खी है

सादगी उसने अदा में अपनी
किस सलीक़े से मिला रक्खी है

उसकी बातों में शिकायत है बहुत
उसके लहज़े में दुआ रक्खी है

उसको चाहा, तो जहाँ ने कैसी
हाय तौबा-सी मचा रक्खी है?

उस सितमगर की हिमाकत देखो
मेरी ग़ज़लों में भी आ रक्खी है

33.

अश्क़ बे-आबरू से घर आए
दरिया साहिल से लौटकर आए

झील के हाथ लग गया आँचल
चाँद-तारे ज़मीन पर आए

तितलियाँ ले उड़ीं धनक के रंग
रौशनी जुगनू लूटकर आए

यक-ब-यक बदला मौसमों का मिज़ाज
टहनियों को अभी शजर आए

मैं तो हर तौर उसके जैसा हूँ
उसपे भी कुछ मेरा असर आए

कोई हमदम न हो सका ता-उम्र
सैकड़ों यूँ तो हमसफ़र आए

कैसी क़ातिल में पारसाई थी
साथ में उसके चारागर आए

यार आलिम हैं सब मुहब्बत के
जाने कब हमको ये हुनर आए

उनको दिल से उतारना था हमें
हम तो नज़रों से ही उतर आए

आईना कहता है मुहज़्ज़ब हूँ
देखिए उनको क्या नज़र आए

एक दौर-ए-विसाल आया था
दौर-ए-उम्मीद उम्र भर आए

आग में जिस्म रात भर सुलगा
और ख़्वाबों में गुलमुहर आए

आँख किरदार में रही लेकिन
ज़ख़्म आवाज़ में उभर आए

जिसमें तू हो, न तेरी यादें हों
कोई तो ऐसी रहगुज़र आए

जाने कैसा अजीब तोहफ़ा था
फूल के साथ कुछ समर आए

जब वो आए तो इस क़दर आए
अपने आने से पेश्तर आए

तुम भी 'रजनीश' दिन उतरते ही
अपनी औक़ात पर उतर आए

34.

सच! मुहब्बत आपको हुई नहीं, कभी नहीं?
हमने भी ये कह दिया अजी नहीं, कभी नहीं

रोम-रोम चीखता, अभी नहीं-कभी नहीं
लेकिन उसकी रट रही, कभी नहीं-कभी नहीं

जो हमेशा आप-आप करके बात करता हो
ऐसे बदज़ुबाँ से दोस्ती? नहीं, कभी नहीं

क़ैद कर सके किसी बिना पे कोई, आज तक
दिल ने ऐसी वारदात की नहीं, कभी नहीं

जो न होना तय है, तय है होना है नहीं वही
यूँ नहीं के, हो ये आज ही नहीं, कभी नहीं

तूने हाथ से गुलाब रख के, बंद कर दी जो
इश्क़ की किताब फिर खुली नहीं, कभी नहीं

35.

मैं जो तन्हा हूँ ये तन्हाई की मर्ज़ी से हुआ है?
ये तमाशा भी तमाशाई की मर्ज़ी से हुआ है

बारहा लौट के आ जाए है तकलीफ़ बदन की
ऐसा मौसम किसी पुरवाई की मर्ज़ी से हुआ है

हुए परबत सभी ऊँचे, तो ये ऊँचाई की ज़िद थी
ये समंदर भी तो गहराई की मर्ज़ी से हुआ है

है कहाँ आब में रंगत कि नज़र आए समंदर
जो हरा रंग है वो काई की मर्ज़ी से हुआ है

ऐ सियासतदाँ तेरे करने से होता है कहाँ कुछ
जो अभी अम्न है, बलवाई की मर्ज़ी से हुआ है

छोटे भाई ने जो तक़सीम किए हैं सभी रिश्ते
यक़ीं जानो ये बड़े भाई की मर्ज़ी से हुआ है

जल उठे खेत औ खलिहानों में कब्रों की क़तारें
ये मुआ खेल तो महँगाई की मर्ज़ी से हुआ है

36.

तू ज़रा-सी जो परेशान नज़र आती है
ज़िंदगी और बियाबान नज़र आती है

हमको हर तौर से इंसान नज़र आती है
तुमको औरत कोई सामान नज़र आती है

इश्क़ में होना हक़ीक़त में, अलग होना है
ये बला दूर से आसान नज़र आती है

जब तू भगवान् को मंदिर में बिठा देता है
ये दलील और भी बेजान नज़र आती है

मैं परिंदों से कहा करता हूँ, कुछ देर रुको
शाम मुंडेरों पे हलकान नज़र आती है

आजकल कोई मुहब्बत को समझता ही नहीं
आज दुनिया बड़ी वीरान नज़र आती है

उम्र भर मौत नज़र आए न आए लेकिन
ज़िंदगी मौत के दौरान नज़र आती है

जब से ये जिस्म के जलवों में सिमट आई है
शाइरी चाक-गिरेबान नज़र आती है

क़ैद में दैर-ओ-हरम के है सियासत अपनी
ख़ून पीता हुआ शैतान नज़र आती है

जिसमें 'सरहद' है लिखा आपने, हमको वो किताब
बाख़ुदा जंग का मैदान नज़र आती है

37.

मैं ख़ुद अपने हाथों ही मर जाऊँ तो?
ख़ुदा के नियम से मुकर जाऊँ तो?

तेरे जैसों की बातों पे ऐतबार
यूँ करता नहीं हूँ, पै कर जाऊँ तो?

तुम अक्सर दिखाते हो जो आईना
कभी अपनी सूरत से डर जाऊँ तो?

ऐ वाइज़, ये साक़ी की तौहीन है
जो मैख़ाने से सीधा घर जाऊँ तो

ख़ुदा के हरम में ख़ुदा के लिए
यूँ जाता नहीं हूँ मगर, जाऊँ तो?

अभी आज ही तो मुहब्बत हुई
अभी आज ही से सुधर जाऊँ तो?

बस इतना बता तू मिलेगा कहाँ
इधर जाऊँ तो, या उधर जाऊँ तो?

अभी रास्ते जो बने भी नहीं
मैं उन रास्तों से गुज़र जाऊँ तो?

तेरी क़ैद में हूँ मगर फूल-सा
मैं ख़ुशबू के जैसे बिखर जाऊँ तो?

38.

जंगल-जंगल आया कर, दुनिया से घबराया कर
बस्ती-बस्ती ज़ाया कर, जो कुछ भी सरमाया कर

लोगों से हमदर्दी रख, ख़ून में थोड़ी सर्दी रख
लहज़ा-लहज़ा ज़र्दी रख, लोगों को बहकाया कर

लफ़्ज़ों का टोटा ही सही, क़द तेरा छोटा ही सही
तू सिक्का खोटा ही सही, कहना हो कह जाया कर

चाँद में रोटी देख कभी, अलम-लंगोटी देख कभी
क़िस्मत खोटी देख कभी, हुस्न से ध्यान हटाया कर

औरों की धुन क्या सुनना, गूंगों की महफ़िल चुनना
खाम-ख़याली ही बुनना, इल्म अपना पगुराया कर

याद पुरानी चादर है, बाहर पैर है या सर है
गल जाए तो बेहतर है, कुछ दिल को समझाया कर

काफ़िर से आजिज़ भी नहीं, नाज़ान-ए-हाफ़िज़ भी नहीं
सच्चा ये वाइज़ भी नहीं, उससे ख़ौफ़ न खाया कर

कट जाएगा शीश कभी, जाग उठा जो ईश कभी
मान भी ले 'रजनीश' कभी, हरकत से बाज़ आया कर

39.

बजाहिर कह रहा हूँ, थी नहीं मेरे लिए
मैं कहना चाहता था, 'जी नहीं मेरे लिए'

लब-ए-शीरीं से कोई बद्दुआ ही दीजिए
इबादत आपने तो की नहीं मेरे लिए

तेरी मसरूफ़ियत कुछ कम नहीं, मालूम है
तो क्या दो-चार लम्हे भी नहीं मेरे लिए?

मैं बाशिंदा हूँ तपते-जलते रेगिस्तान का
छलकती डूबती बस्ती नहीं मेरे लिए

मेरे हालात में ख़ुश रहना कोई खेल है
मैं सबके वास्ते, कोई नहीं मेरे लिए

यहाँ पर मुतमइन हैं सब कि दुनिया जान ली
ये दुनिया जाने क्यूँ खुलती नहीं मेरे लिए

40.

मेरी नींदों को उड़ने की आदत-सी है
तेरे ख़्वाबों को भी आने की लत-सी है

इसमें हैरत क्या, जो उसको हैरत-सी है
आख़िर अपनी ख़्वाहिश भी तो परबत-सी है

दोनों रूहें मिल के ख़ुदा हो जाएँ तब तक
मेरे जिस्म को तेरे जिस्म की हाजत-सी है

मिट जाने का इनको भी एहसास है शायद
कुछ दिन से इन साँसों में भी हरक़त-सी है

सर्द अँधेरी रातों में तुम, चाँद के जैसे
मेरी आह, ज़मीं पर एक इबारत-सी है

मैं तुमको तुमसे ले जाऊँ, इससे पहले
साफ़ करो के इजाज़त है, या इजाज़त-सी है?

मेरे अंदर की दुनिया के रंग न पूछो
उल्फ़त-सी है, नफ़रत-सी है, ग़फ़लत-सी है

रोज़ न जाने कितने दिल टूटा करते हैं
यूँ तो दुनिया भर में सब को मुहब्बत-सी है

मेरे जिस्म की बोली-भाषा, कब समझोगी?
छू कर देखो, मीठी एक हरारत-सी है

एक नदी-सा बहकर तुझ तक आ पहुँचा हूँ
तुझसे मिलकर खो जाने की नौबत-सी है

आज ख़ुदा से माँग लूँ तुझको, सोच रहा हूँ
आज दुआ वाले हाथों में बरकत-सी है

दर्द लिखा है, ख़ौफ़ लिखा है, प्यार लिखा है
आज तेरी सूरत बिल्कुल मेरे ख़त-सी है

मैंने जन्नत देखी, उसकी महफ़िल-सी थी
सब कहते हैं, उसकी महफ़िल जन्नत-सी है

फिर दुनिया वैसे ही मुझपर टूट पड़ेगी
जब तक तेरे पहलू में हूँ, राहत-सी है

तेरा पाक वजूद इक और क़ुरआन हो गोया
तेरी हर इक बात मुझे इक आयत-सी है

41.

जिस्म से होके बा-अदब निकला
जो था सामान सब-का-सब निकला

दिल धड़कता है जोर से ऐसे
जैसे अब निकला और अब निकला

आज बारिश में भीगता, जलता
चाँद निकला भी और ग़ज़ब निकला

उसको हसरत थी चाँद की, सो मैं
अपनी आँखों में ले के शब निकला

है.फ, उन्माद, ख़्वाहिशें, वहशत
इश्क़ हर बात का सबब निकला

वो कभी तो ये सोचता होगा
ये जो इंसान है अजब निकला

मुझको मयख़ाने और हरम इक से
जब भी मैं निकला तिश्ना-लब निकला

ढूँढ़ 'रजनीश' मत ख़ुदा को, वो
क्या करोगे जो लामज्हब निकला?

42.

पहले ये जिस्म जलाया जाए
बाद में शोक मनाया जाए

उसकी नज़रों में अगर आना है
उसकी बातों में न आया जाए

अब तो गर्दन पे ही बन आई है
अब तो नज़रों को उठाया जाए

किसको हर शै से मुहब्बत है भला
किसको आईना बनाया जाए

वो जो आए, न बुलाया जाए
वो न आए, जो बुलाया जाए

ऐसी बातें जो सिखाने की नहीं
ऐसी बातों को सिखाया जाए

दिल में बाक़ी हैं अभी उम्मीदें
क्यूँ जिगर काम में लाया जाए?

जिसको अब भी हो सियासत पे यक़ीन
उसको ये मुल्क दिखाया जाए

वक़्त के साथ न ये चल पाया
अब ख़ुदा फिर से बनाया जाए

43.

बेमतलब सर धुनने वालों, कुछ मतलब की बात करो
मैख़ाने में आकर बैठो, फिर मज़हब की बात करो

दौलत, शोहरत, रस्म-ओ-रिवायत, किस दुनिया में रहते हो?
इश्क़, मुहब्बत, प्यार, इबादत यानी रब की बात करो

एक ज़माने से हाथों में हाथ लिए बैठे हैं हम
चाँद ढले इससे पहले, कुछ और ग़ज़ब की बात करो

टुकड़ों-टुकड़ों में रिश्ते का लुत्फ़ कहाँ मिल पाता है?
अपने साथ निभानी है तो, सब-के-सब की बात करो

टूटे दिल को ख़ाक तसल्ली देंगी ये सोज़ा बातें
हम जब हँसते-गाते थे, बस कोई तब की बात करो

ज़ख़्म मिटा देने में कुछ भी वाइज़ वाली बात नहीं
दर्द सुकूँ पहुँचाए कुछ ऐसे करतब की बात करो

44.

ये दुनिया मेरे ख़्वाबों से परे है
मगर ख़्वाहिश इरादों से परे है

तेरी चारागरी बेज़ा है वाइज़
हमारा दर्द ज़ख़्मों से परे है

जहाँ तक दीद की हद है, ख़ला है
नज़ारा है तो आँखों से परे है

न कोई ज़ात, मज़हब, रंग बोली
मुहब्बत सब रिवाज़ों से परे है

उफ़क़ से दूर है ये आसमाँ भी
समंदर भी किनारों से परे है

नहीं कहना था जो, सब कह चुका हूँ
जो कहना था वो लफ़्ज़ों से परे है

कई सदियों के मुर्दा शब्द हैं बस
जहाँ का सच किताबों से परे है

45.

दिल हमारा ग़म की तन्हाई में गुम था
दर्द सारा दिल की गहराई में गुम था

टूट जाने थे भरम हर इक क़दम पर
हर क़दम लेकिन शनासाई में गुम था

मैं अमीर-ए-शहर होता जा रहा था
वो ग़रीबों की मसीहाई में गुम था

दर्द दर-दर फिर रहा था मारा-मारा
ज़ख़्म ख़ुद अपनी ही तुरपाई में गुम था

मिटने को थी क़ौम सारी और मैं
ख़ुद के ज़ख़्मों की ही भरपाई में गुम था

46.

नज़र पड़े जो तुम्हारी नज़ारा हो जाऊँ
तुम्हारी बाँहों में पिघलूँ तो पारा हो जाऊँ

अभी तो ठीक से ख़ुद का भी हो नहीं पाया
मैं कैसे पूरी तरह से तुम्हारा हो जाऊँ

वो चाहता है उड़ूँ ले के आसमाँ में उसे
तो क्या मैं गर्म हवा का गुब्बारा हो जाऊँ

जो तुझसे लग के बहा करती है ख़लाओं में
उसी नदी का कभी इक किनारा हो जाऊँ

मुझे समझ के समंदर मुआफ़ कर देना
ज़माने वालों कभी गर मैं खारा हो जाऊँ

तू कतरा-कतरा मुक़म्मल बना रहा है मुझे
मैं चाहता हूँ के यकलख़्त सारा हो जाऊँ

अगर गिरूँ तो किसी बूँद जैसा सहरा में
अगर उड़ूँ तो कोई अब्रपारा हो जाऊँ

हुआ हूँ लाख तेरा हो के इक दफ़ा रुसवा
है अपने दिल की ये ख़्वाहिश, दोबारा हो जाऊँ

तू चाँद हो जा मेरी हर ख़ुशी का और मैं भी
तेरे तमाम ग़मों का पिटारा हो जाऊँ

कभी तू मेरे लिए भी हमारी हो जाए
कभी मैं तेरे लिए ही हमारा हो जाऊँ

47.

इक वही शख़्स था मौजूद गवाही के लिए
जिसने माँगी थी दुआ मेरी तबाही के लिए

इश्क़ है जुर्म तो करने की सज़ा होनी थी
हमने काटी है सज़ा इसमें कोताही के लिए

हर वो शै हमसे जो वाबस्ता थी, करती है हिसाब
चाँद भी रोज़ निकलता है उगाही के लिए

स्याह चेहरे हैं यहाँ सबके सिवा इक मेरे
किसपे इल्ज़ाम दिया जाए सियाही के लिए

न में सर हिलते गिरेबान को चाक होना था
और गर्दन पे थी तलवार मनाही के लिए

क्यूँ नहीं मिलता ख़ुदा मुझको यहाँ कोई कभी
ये सभी दैर-ओ-हरम हैं जो ख़ुदा ही के लिए

48.

गए बीते सालों का हल लिख रहे हैं
हम इक दौर-ए-रद्दो-बदल लिख रहे हैं

हर इक दौर में थी ये दुश्वार लेकिन
हम इस ज़िंदगी को सरल लिख रहे हैं

जो तस्वीर दिल में बसाए हैं तेरी
वो धड़कन को भी इक ख़लल लिख रहे हैं

अजब इक जुनूँ में हैं ये चाँद-तारे
ख़ला ही ख़ला आजकल लिख रहे हैं

ये दुनिया की सबसे हसीं शाइरी है
किसानों को देखो फ़सल लिख रहे हैं

ये तस्वीर सुनने के क़ाबिल है रजनीश
परिंदे हवा में ग़ज़ल लिख रहे हैं

49.

जब भी कुछ देर से घर जाती है तनहा लड़की
आपको कैसी नज़र आती है तनहा लड़की

आपकी घूरती नज़रों से चुराती है नज़र
आपको लगता है शर्माती है तनहा लड़की

रोज़ इस्कूल से जाते हुए घबराती है
रोज़ इस्कूल को आ जाती है तनहा लड़की

उसकी तन्हाई में जाओ तो समा'अत जाए
इतना तन्हाई में चिल्लाती है तनहा लड़की

जो भी दुनिया है यही दुनिया है जीना है यहीं
ख़ुद को इस तरहा से बहलाती है तनहा लड़की

मैंने देखा भी है इज़हार-ए-मुहब्बत उसका
कैसे पेड़ों से लिपट जाती है तनहा लड़की

मेरी ग़ज़लों पे न क्यूँ जाने है एतबार उसे
मेरी ग़ज़लों में चली आती है तनहा लड़की

50.

है वाइज़ लड़खड़ाता, देखा है क्या
कभी ऐसा तमाशा देखा है क्या

जो दिखता है वो सच है, कौन जाने
किसी ने सच का चेहरा देखा है क्या

है सहरा आपमें जंगल समेटे
है हर जंगल में सहरा, देखा है क्या

ये दुनिया जानी-पहचानी-सी है क्या
यहाँ हर चेहरा देखा देखा है क्या

सवालों में है यूँ तो हर ख़ुदाई
मगर है वो ख़ुदा क्या, देखा है क्या

बड़ी मुद्दत हुई होता नहीं कुछ
मगर कुछ होते होता, देखा है क्या

सफ़र दरिया ने कैसे-कैसे काटा
समंदर ने, क्या गुज़रा, देखा है क्या

उदासी फट पड़ी है आसमाँ से
ख़ुशी का कुछ ठिकाना, देखा है क्या

बला की मसखरी करते हैं तारे
कहेंगे 'चाँद खोया', देखा है क्या

बग़ावत पल रही थी रात दिल में
सुबह क्या माज़रा था, देखा है क्या

51.

ज़िंदगी जिसके गले में हार डाल देती है
मौत उसके सामने हथियार डाल देती है

कोई चिड़िया बस उसी पल आसमाँ में उड़ती है
जब परों पर अपने सारा भार डाल देती है

इक बिकाऊ चीज़ पहले ख़ुद बनाती है दुनिया
रास्ते में फिर मेरे बाज़ार डाल देती है

ये चुनावी मौसमों की बातचीत की गर्मी
दोस्तो, ये दोस्ती में रार डाल देती है

ख़ून के रिश्ते फ़ना होते हैं दफ़्फ़तन कैसे
मुफ़लिसी आँगन में घर के, तार डाल देती है

52.

इश्क़ में सब-के-सब पगलाए रहते हैं
सारी दुनिया सर पे उठाए रहते हैं

बेमतलब ही दस्तक-पर-दस्तक देंगे
वो जो घर के अंदर आए रहते हैं

उस रिश्ते में, जिसको हमने तोड़ दिया
अब भी हम दोनों के साए रहते हैं

जाना है उस पार गली के हमको भी
तंग गली है, वो भी हाय! रहते हैं

तेरे बिन हैं फीके रंग तितलियों के
तेरे बिन गुल भी मुरझाए रहते हैं

हमसे पूछो कैसे कटती हैं रातें
कैसी-कैसी आस लगाए रहते हैं

53.

क्यूँ नहीं कहते 'सब मिटा ही दो'
कुछ नहीं तो ये हौसला ही दो

'हाँ' नहीं कहते, सर हिला ही दो
साथ हो इतना हौसला ही दो

देखकर तुमको डर ही जाऊँगा
ऐसा लगता है तो डरा ही दो

तुमको जिससे है डर क़यामत का
आज वो बात भी बता ही दो

क्या पता खीझकर मैं मर ही जाऊँ
आज अफवाह ये उड़ा ही दो

सारी रातें हमीं ने काली कीं
चाँद-तारों तुम्हीं गवाही दो

जाते-जाते भी दरमियाँ अपने
एक दीवार तो उठा ही दो

54.

हर तरफ़ दस्तार-ओ-ज़ुन्नारों का जाल
तोड़ दो इन आहनी तारों का जाल

दर बनाने का हुनर पैदा करो
बारहा आएगा दीवारों का जाल

सरहदों की शक्ल में फेंका गया
भाइयों के बीच बँटवारों का जाल

ज़ात, मज़हब, रंग, बोली, हैसियत
कितने रंगों में है सरकारों का जाल

छोटी-छोटी मछलियाँ इसका शिकार
कितना क़ानूनी है मछुआरों का जाल

जिस तरफ देखो सियासत क़ैद है
हर तरफ़ मौजूद हथियारों का जाल

रूह पर ज़ंजीर भारी, आहनी
जिस्म पर है रेशमी तारों का जाल

55.

रिश्तों भरी वेदी को ये मन छोड़ रहा है
और जिस्म भी साँसों का हवन छोड़ रहा है

परबत ने अभी बर्फ़ की चादर नहीं ओढ़ी
क्या बात है सूरज भी जलन छोड़ रहा है

किस तरहा कहूँ गाँव को मैं छोड़ रहा हूँ
बस यूँ है कि जंगल को हिरन छोड़ रहा है

सुनता हूँ वो मंदिर से निकल भाग गया है
भगवान् भी अब अपना मिशन छोड़ रहा है

खुलती ही चली जाती हैं अंबर पे घटाएँ
जैसे तेरी ज़ुल्फ़ों को रिबन छोड़ रहा है

चाँद, आईना बन जा के सियाह रात हो रौशन
शम्स अपने पिटारे से किरन छोड़ रहा है

जीते जी ज़माने ने उसे नंगा ही रक्खा
अब देखो वही जिस्म कफ़न छोड़ रहा है

56.

कभी जब शहर की रंगीनियों में झूल जाता हूँ
मैं अपने गाँव की मिट्टी की ख़ुशबू भूल जाता हूँ

मैं अब डरता नहीं हूँ मौत की इन मार्कशीटों से
मैं बस्ता लेके अब भी ज़िंदगी के स्कूल जाता हूँ

बहुत आहिस्ता-आहिस्ता मुझे तुम याद आती हो
मैं उसके बाद ख़ुद को यक-ब-यक ही भूल जाता हूँ

57.

उसकी हर बात सलीक़े की है
ये मगर बात तो पहले की है

फूल तस्वीर में जंगल के हैं
पर जो तितली है, बग़ीचे की है

रंग तितली का महक फूलों की
तुझमें हर चीज़ तो माँगे की है

दरिया बाँधोगे तो मर जाएगा
इसको तालीम तो बहने की है

सरहदें और बना, ऐ ज़ालिम
अपनी औक़ात परिंदे की है

58.

वो घर हम पंछियों का प्यारा घर था
वहाँ आँगन में एक बूढ़ा शजर था

बढ़ाकर हाथ छू सकते थे हम चाँद
गली में शोर मच जाने का डर था

कहाँ तक समझा करते उनकी बातें
अगर के बाद में फिर एक मगर था

डरा करते थे अक्सर हम उसी से
वो हमसाया जो अपना हमसफ़र था

यूँ हम थे एक ही ज़िंदाँ[1] में दोनों
मुझे दीवार थी जो, उसको दर[2] था

1. ज़िंदाँ- जेल, क़ैदखाना
2. दर- दरवाज़ा

59.

जब उसे एतबार हो ही नहीं
इससे अच्छा ज़बान दो ही नहीं

उसके जाने से ये हुआ है, बस
हौसला था, सो, आज वो ही नहीं

रू-ब-रू हो अगर तो बोलो भी
ये क्या होना कि जैसे, हो ही नहीं

हिज्र का ढोल पीटना छोड़ो
हमको भी ग़म है, आप को ही नहीं

बेशक़ीमत है आपका दिल, तो
सेंत रक्खो किसी को दो ही नहीं

हम हुए भी तो कुछ नहीं होगा
ये नहीं, हम नहीं हैं तो ही नहीं

60.

हम नाज़ुकी से उनकी दो-चार हो रहे हैं
क़स्त्र-ए-सर-ए बुलंदी मिस्मार हो रहे हैं

शीशे के दिल पटक कर मर जाएँ सर, मुनासिब
दो जिस्म पत्थरों की दीवार हो रहे हैं

ये हाल है हमारा, हर हाल, हाल-ए-ग़म है
हम लोग इक फ़िदाई किरदार हो रहे हैं

सदियों से काटता है धरती का चाँद चक्कर
देखो तो, कैसे-कैसे इज़हार हो रहे हैं

मौसम भी अपनी मर्ज़ी से आता-जाता है अब
इस दौर में सभी ख़ुद-मुख़्तार हो रहे हैं

ख़ुद को शरीफ़ कहते हैं हम तो है बुरा क्या?
लुच्चे-लफंगे साँचे दरबार हो रहे हैं

यादों का आजकल सारा कारोबार ठप्प है
लो, ख़्वाब भी हमारे इतवार हो रहे हैं

61.

किसी बात से वो ख़फ़ा-ख़फ़ा, किसी बात से वो उदास है
या है हिज्र का कोई मामला, या तो वस्ल की कोई प्यास है

ये जो लोग हैं, लिए जोग हैं, जिन्हें इश्क़ से नहीं वास्ता
इन्हें क्या पता, हुई क्या ख़ता, इन्हें सिर्फ़-ओ-सिर्फ़ कियास है

वो ख़ुदा मिले, तो ख़ुद आ मिले, मुझे और भी कई काम हैं
सुनो वाइज़ो, मुझे बख़्श दो, के मेरा ख़ुदा मेरे पास है

सुना छूट है मची लूट है. तेरे शहर में, चलो देख लें
हमें कुछ नहीं है मिला कहीं, बड़ी हैफ़ है बड़ी यास है

हुआ रू-ब-रू जो मेरा अदू, मुझे देखते ही पलट गया
दिलों को मना उन्हें जीतना, यही बस मेरा इतिहास है

था सफ़र नया, मैं जिधर गया, मुझे ज़िंदगी की तलाश थी
मेरा हर सफ़र रहा मुख़्तसर, यही ज़िंदगी की मिठास है

अगर आम हो, सरे-आम हो, ये लुका-छिपी भला किसलिए?
जो सुने गए, तो चुने गए, कोई शर्म है या हिरास है?

62.

ग़म नहीं, दर्द नहीं, हैफ़ नहीं, सोग नहीं
मैं वहीं, वक़्त वहीं, जिस्म वहीं, ज़ख़्म वहीं

मुझको टुकड़ों में बनाया है ख़ुदा ने शायद
दिल कहीं, होश कहीं, साँस कहीं, नब्ज़ कहीं

इश्क़ में ये जो मुक़ाम आया इसे क्या कहिए
मैं नहीं, तू भी नहीं, हम भी नहीं, कोई नहीं

मुझको ले जाओगे ले जाओ, मगर इनका क्या?
शब वहीं, चाँद वहीं, दाग़ वहीं, ख़्वाब वहीं

वस्ल की रात के हालात बयाँ करता हूँ
जाँ कहीं, जिस्म कहीं, रूह कहीं, प्यास कहीं

ऐसी बातों से कोई हल भी मिला है क्या कभी?
कल नहीं, आज नहीं, वक़्त नहीं, याद नहीं

63.

हर पल नया ख़ुदा देना
और आदमी को क्या देना ?

दम इश्क़ में भी घुटता है
इक पल का फ़ासला देना

अलफ़ाज़ की कमी हो जब
बेहतर है मुस्कुरा देना

कुछ भी कभी तो कर गुज़रो
आसाँ है फ़लसफ़ा देना

महलों को ग़र गिराना हो
बस नींव को हिला देना

64.

कहाँ को जाने मेरी हाय-हाय जाती है
ये एक बात मुझे रोज़ खाए जाती है

नहीं है और कोई काम इस हवा को भी
तमाम उम्र लहू को भगाए जाती है

मैं चाहकर भी सफ़र से पलट नहीं सकता
क़दम के नक्श अना यूँ मिटाए जाती है

अजीब शख़्स है वो सर उठाए जाता है
उसी की शख़्सियत उसको गिराए जाती है

वो जब न आए तो सदियों तलक नहीं आती
मगर जब आती है सदियों तक आए जाती है

नदी वहीं कि वहीं है ज़रा हिली भी नहीं
न जाने अपने में क्या-क्या बहाए जाती है

बला की आग उगलते हैं शहर के चश्मे
यहाँ से धूप भी अब साए-साए जाती है

उसी गली में हुआ होगा इसका छौना गुम
जो बार-बार गली में ये गाय जाती है

65.

यूँ तो इस जहाँ में हर किश्ती बादबानी है
परकटे परिंदों की और ही कहानी है

किसको है ये ख़ुशफ़हमी, 'जाविदाँ जवानी है'?
ज़िंदगी में पल भर ये रक़्स है, रवानी है

उसके होने का होना, सिर्फ़ बदगुमानी है
हाँ, मगर जहाँ पर भी वो नहीं है, यानी है

एक हुस्न तेरा है, कतरा-कतरा फ़ानी है
एक इश्क़ मेरा कामिल है जावेदानी है

एक लंबे अर्से से दिल में शादमानी है
दूर तक चली आई, याद है, सो आनी है

मैं वही, वही मेरी दास्ताँ पुरानी है
सबका दस्त-रस अपना, अपनी तर्जुमानी है

तुमने सच कहा साहेब ख़ूँ नहीं है पानी है
हाँ, मगर है दरिया का, जोश है रवानी है

इश्क़ में ख़ुदा मैंने काइनात जानी है
आँखें चाँद-सूरज है, ख़्वाब आसमानी है

66.

नहीं है कोई भी क़ीमत अगर इंसान की
तुम्हारे शहर को हाजत है क़ब्रिस्तान की

अभी महफ़ूज़ हूँ मैं चैन से सो लेने दो
अभी दहलीज तक आहट नहीं तूफ़ान की

फ़रिश्तों जैसा मेरा जिस्म बेशक है मगर
मेरे अंदर छिपी है रूह इक शैतान की

हर इक मुश्किल से बच, बहते रहे, दरिया हुए
कुछ ऐसे हमने अपनी ज़िंदगी आसान की

गुलों के दिल में क्या है फ़िक्र ये किसको हुई
कभी मर्ज़ी कहाँ पूछी गई गुलदान की?

67.

मैं इक दिन ज़िंदगी और ज़िंदगी की खाई नापूँगा
है आख़िर मौत की दहशत में कितनी काई, नापूँगा

मैं ज़र्रा-ज़र्रा नापूँगा, मैं पाई-पाई नापूँगा
धनक नापूँगा ख़ुशबू नापूँगा, पुरवाई नापूँगा

ख़ुदा को नाज़ है तख्लीक़ पर ख़ुद की अगर इतना
मैं तेरी बालियों से चाँद की गोलाई नापूँगा

वो जिसको ज़िंदगी ने एक पल तनहा नहीं छोड़ा
वो मुझसे कह रहा है, मैं तेरी तन्हाई नापूँगा

सुना है, आपका चतुराई में कोई नहीं सानी
मैं अपने भोलेपन से आपकी चतुराई नापूँगा

तुम्हारी मज़हबी अय्याशियों से आज तक वाइज़
हमारी नस्ल की कितनी हुई रुसवाई, नापूँगा

68.

तर्क-ए-त'अल्लुक उछला तो रुसवाई होगी
उसने भी तो सबसे बात छिपाई होगी

रिश्ता एक निभाने की ख़ातिर, वो पगली
सारे रिश्ते-नाते तोड़ के आई होगी

लाख जतन कर डाले होंगे, ख़ुश रहने के
हार के अश्कों से फिर आग बुझाई होगी

जाने कब वो छू इनको नासूर करेगा
जाने कब इन ज़ख़्मों की भरपाई होगी

उसकी आँख समंदर जान के कूद पड़ा बस
दिल ने सोचा था कुछ तो गहराई होगी

69.

चल आ जा बैठ बराबर, ये बेरुखी कब तक?
तू कब तलक है ख़ुदा, मेरी बंदगी कब तक?

हिसाब मौत को देना है गर तो दे देंगे
मगर यूँ ख़ौफ़ के साए में ज़िंदगी कब तक?

कभी-कभी तो बरसता है टूटकर सावन
मैं पूछता हूँ, तेरा ये 'कभी-कभी' कब तक?

उदास शख़्स उदासी ही बाँट सकता है
रखेगा दूर ख़ुदा मुझसे तू, ख़ुशी कब तक?

ख़ुद अपने-आप बिखर जाएगी ख़फ़ा होकर
अना का बोझ उठाएगी ज़िंदगी कब तक

हिसाब कुफ़्र का दोनों के रखना, ऐ वाइज़
पिलाई साक़ी ने कब तक और हमने पी कब तक

बस एक पल को नज़र मिल के लौट आई, मगर
न पूछ होती रही दिल में गुदगुदी कब तक

शराब चाँद ने माँगी थी हमने पहुँचा दी
न जाने चाँदनी फिर झूमती रही कब तक

70.

आज, मौसम है बदलने वाला
आज मौसम है, ‘बदलने वाला’

चाल में उसकी है जादू बेशक
उसका जादू नहीं चलने वाला

चाँद भी आज है नज़दीक ज़रा
एक दरिया है उछलने वाला

अब ये दिल ज़िद पे उतर आया है
अब ये टाले नहीं टलने वाला

ज़िंदगी रोज़ संभलने वाली
आदमी रोज़ फिसलने वाला

71.

मेरे अज़ीज़ ने इक बात मेरे हक़ में कही है
अजीब शख़्स है वो, जो भी नहीं है, वो वही है

समझ में कुछ नहीं आता कि सही क्या है ग़लत क्या
सही में भी है ग़लत और ग़लत में भी सही है

मेरे ज़मीर बहुत पाक भी होना नहीं अच्छा
इसी में कर ले गुज़ारा के अभी जो है यही है

लगेगी आग चमन को तो नया रंग खिलेगा
गुलों में बैठी हुई तितली यही सोच रही है

ख़ुदा भी है तो मगर, आप के माफ़िक़ नहीं 'रजनीश'
यूँ संग-तराश ने डरते हुए इक बात कही है

72.

इतना सादापन मेरी जाँ ये भी कोई बात है
सबकी हाँ में आपकी हाँ, ये भी कोई बात है

हैफ़ होता सोग़ होता फिर तो कोई बात थी
ज़िंदगी और इतनी आसाँ, ये भी कोई बात है

पर्बतों का ख़ून दरिया बन मुसलसल बह रहा
लहलहाते सब्ज़ मैदाँ, ये भी कोई बात है

मुख़्तलिफ़ कहलाने का ऐसा भी क्या इतना जूनून
तनहा हो बैठा है इंसाँ, ये भी कोई बात है

कौन-सा लम्हा गुज़ारे, किस लम्हे को रोक दे
वक़्त ख़ुद इतना परेशाँ, ये भी कोई बात है

आप आए आके बैठे और उठकर चल दिए
सारी महफ़िल हैराँ-हैराँ, ये भी कोई बात है

आप भी तो शेख़ जी ईमानदारी कुछ रखो
हम ही लाएँ सारा ईमाँ, ये भी कोई बात है

कितने मजनू कितने फरहाद और कितने रोमियो
फिर भी अब तक चाँद वीराँ, ये भी कोई बात है

73.

जाने क्यूँ उसकी नज़र ख़ामोश है
एक उदासी ओढ़कर ख़ामोश है

दायरे हैं दायरों के दरमियाँ
दायरे में हर ख़बर ख़ामोश है

हर तरफ़ रंगीनियों का शोरगुल
शहर में एक मेरा घर ख़ामोश है

आज फिर एक शाख़ तूफ़ाँ ले गया
आज फिर बूढ़ा शजर ख़ामोश है

लफ़्ज़ के एक फ़ासले पर ज़िंदगी
और मेरा चारागर ख़ामोश है

आपके जाने से दिल सदमे में है
देखिए तो किस क़दर ख़ामोश है

ज़िंदगी का क्या कहूँ लुत्फ़-ए-सफ़र
मैं के जिसका हमसफ़र ख़ामोश है

दिल इधर फित्ने उठाए था कई
जब से है कम्बख़्त उधर, ख़ामोश है

74.

है वाइज़ के लबों पर जो शिकायत-सी
मेरी साँसों में उतरी है वो आयत-सी

वसीयत में लिखेंगे रंग और ख़ुशबू
गुलों में है ये इक ऐसी रिवायत-सी

बहार आने की सूरत है यक़ीनन अब
हवाएँ कर रही हैं कुछ हिमायत-सी

बशर जो कुछ भी चाहे ख़्वाब में पा ले
ख़ुदा ने बख़्स दी है कुछ रिआयत-सी

ये बल खाती हुई परवाज़, ये शोख़ी
परिंदों ने हवा पर की इनायत-सी

75.

ज़ब्र-ए-शमशीर गिरेबान के कट जाने तक
और गिरेबान का शमशीर उलट जाने तक

दर्द की हद थी वहाँ मैं जहाँ तुम हो बैठा
शम्स चढ़ता गया परछाईं सिमट जाने तक

उसकी पोशीदा-गुनाही का अकेला मैं गवाह
कोई मुंसिफ़ न हुआ मेरे पलट जाने तक

वो पलटता है तो नज़रों को हटा लेता हूँ
या उसे देखता रहता हूँ पलट जाने तक

बारहा क्यूँ वो चला आता है ख़्वाबों में मेरे
क्यूँ उसे सब्र नहीं नींद उचट जाने तक

आग लगती है तो महसूस भी होती है मगर
आईने में लगी सब धूल के हट जाने तक

किसको होना था यहाँ किसका किसे ये मालूम
अजनबी से थे सभी यार लिपट जाने तक

76.

मुख़्तलिफ़ देखी है सूरत ख़्वाब की
जाने फिर क्या हो तबीयत ख़्वाब की

आदमी को दीद भी हासिल मगर
आदमी को है ज़रूरत ख़्वाब की

पड़ गई हैं पैरहन में सलवटें
देख, क्या होती है शिद्दत ख़्वाब की

उम्र सारी इक मकाँ में काट दी
ख़्वाब की दीवारें और छत ख़्वाब की

सो गए वक़्त-ए-विसाल-ए-यार भी
यूँ लगी हमको बुरी लत ख़्वाब की

अब हक़ीक़त में नज़र आने लगा
हाय! देखो तो हिमाकत ख़्वाब की

हाँ, यही है मुफ़लिसी की इन्तेहाँ
लूट ले जब कोई दौलत ख़्वाब की

मौत जैसे आदमी इक ख़्वाब का
ज़िंदगी है एक औरत ख़्वाब की

आदतन वो आते-आते रह गया
बच गई बस आज इज़्ज़त ख़्वाब की

क्यूँ न होते ख़्वाब बाइज़्ज़त बरी
ख़्वाब के मुंसिफ़, अदालत ख़्वाब की

77.

न देखो अक्स का होना, के बीनाई न देखो
उलझता है ये ख़ुद से, जब कभी आईना देखो

मैं लहरों पर सवार होकर चला हूँ बेसबब ही
मेरे बेबाक इन क़दमों की गहराई न देखो

सहर ही से जुड़ा हूँ, आसमानों की जड़ों से
मेरे उगते हुए शाने की ऊँचाई न देखो

जो देखा चाहते हो, देख लो गुमसुम हवाएँ
के बल खाते परिंदों की पज़ीराई न देखो

समंदर का हर इक मंज़र मेरे ज़ख़्मों का बाइस
मेरी आँखों की हरियाली में तुम काई न देखो

जो साहिल ही से इन मौजों का नज्जारा करे है
बस ऐसे शख़्स की मजबूर तन्हाई न देखो

के जिसने आदमी को मौत की इकसीर अता की
कहाँ तक ऐसे दानीश्वर की दानाई न देखो

ख़ुदा तो होगा कम-से-कम क़यामत के परे भी
कहाँ तक जा रही 'रजनीश' गोयाई न देखो

78.

कोई इल्ज़ाम क्योंकर लेंगे आप
हम अपनी मौत ख़ुद मर लेंगे आप

अभी है फूल हाथों में मगर
अभी हाथों में ख़ंजर लेंगे आप

हमें अच्छी तरह मालूम है
सभी बदले बराबर लेंगे आप

हमारा एक-एक कतरा लहू
भला क्या इससे कमतर लेंगे आप

कफ़न में ज़ेब सिलवाएँगे क्या
औ क्या सब ज़ेब में भर लेंगे आप

79.

इक शोर है सीने में, ख़ामोश-सा रहता हूँ
यही सोचता रहता हूँ, क्यूँ सोचता रहता हूँ

तेरी दीद के दरिया का जब ख़ुश्क हुआ मौसम
तेरी याद के सहरा में भीगा हुआ रहता हूँ

सब लोग तकल्लुफ़ से पेश आते हैं क्यूँ मुझसे
इस बंद-सी दुनिया में इक मैं ही वा रहता हूँ

तुम ढूँढ़ते हो मुझको दीवारों के घेरे में
अपने ही में रहता हूँ, और बाख़ुदा रहता हूँ

आख़िर में ख़ुदा ही ख़ुद आ मुझको उठाता है
सरे-राहगुज़र बरसों यूँ ही पड़ा रहता हूँ

क्यूँ साँस लिए जाऊँ क्यूँ और जिए जाऊँ
इस बात पे मैं ख़ुद से बेहद ख़फ़ा रहता हूँ

80.

दोनों हाथों में तलवार उठा ली जाए
फिर कैसे अपनी दस्तार बचा ली जाए

सब हैं इज़्ज़तदार, सभी तो मुहज़्ज़ब हैं
अपनी अस्मत किनके बीच उछाली जाए

उसकी महफ़िल और ख़याल-ए-रुसवाई
टलने वाली नौबत कैसे टाली जाए

हम जाएँ मैख़ाने से मयहोश-ओ-हवास और
वाइज़ मस्जिद से भी खामख़याली जाए

आज ख़ुदा उकता बैठा शायद दुनिया से
हुक्म हुआ है नाज़िल, बज़्म उठा ली जाए

अरसे तक फिर रक़्स करे हैं वो रस्ता
जिस रस्ते से होकर वो मतवाली जाए

मेरी नहीं इसमें तेरी तौहीन है मौला
मेरे दर से ख़ाली हाथ सवाली जाए

81.

क़ौम गहरी नींद में अब सो रही है
मुफ़लिसी वरदान साबित हो रही है

मज़हबी अय्याशियों का शोरगुल है
आदमीयत बेसहारा रो रही है

हों भले बरसों बरस की सभ्यताएँ
आज भी आदम तो आदमख़ोर ही है

बाँछते हैं माइकों पर श्लोक आयत
शोर आख़िरकार को इक शोर ही है

बीच सहरा में खड़ा मैं सोचता हूँ
दूर से आवाज़-सी आ तो रही है

82.

इस मोड़ से अब कोई, हमदम है न सरवर है
इस मोड़ से तुम वापस मुड़ जाओ तो बेहतर है

रहबर न बना मुझको, मंज़िल ही नहीं मेरी
कुछ और नहीं है, मेरे पाँवों में चक्कर है

दिल, छोड़ के तू सीना, बैठा है जहाँ कल से
कुछ होश भी है तुझको, पगले ये मेरा सर है

टपका जो सर-ए-महफ़िल ये शौक़ लहू बनकर
बेसाख़्ता फिर निकला हर मुँह से 'मुक़र्रर है'

उसे ढूँढ़ती रहती हैं, ये आँखें नमाज़ी-सी
देखो तो कहाँ मस्जिद है और कहाँ घर है

'रजनीश' मेरे क़द को ऊँचाई से मत नापो
इक मौज हूँ और मेरे क़दमों में समंदर है

83.

ख़ुद को ख़ुद की बात सुनाना छोड़ो भी
रोज़ वही दिल का अफ़साना, छोड़ो भी

जिन्न के जैसे बाँस पे चढ़ना और गिरना
ज़ुल्फ़ उलझाना फिर सुलझाना, छोड़ो भी

इश्क़ ख़ुदा से हो तो कोई बात बने
चार दिनों का सब याराना, छोड़ो भी

मज़दूरों के घर की आओ बात करें
मंदिर, मस्जिद औ मयख़ाना छोड़ो भी

शाइर साहब, नंगे हैं जज़्बात सभी
ये लफ़्ज़ों का ताना-बाना छोड़ो भी

घटती-बढ़ती ख़ून की गर्दिश से हैराँ
इक न इक दिन है थम जाना, छोड़ो भी

चाँद को तुम 'रजनीश' बजाओगे कब तक?
फट जाएगा ढोल पुराना, छोड़ो भी

www.ingramcontent.com/pod-product-compliance
Lightning Source LLC
LaVergne TN
LVHW040822051026
849519LV00007BA/2717
* 9 7 8 9 3 8 4 4 1 9 0 5 9 *